きずな

小谷要岳　五行歌集

小谷要岳五行歌集

きずな

はじめに

五行歌との出会いは、還暦を目前にして「新しい生まれ変わり！」の意味から、何か新しい事を始めたいと気持ちが悶々としていた頃でした。そんな時、目にしたのが、朝日新聞の一頁に書いてあったコラムでした。それによると、短歌でも俳句でもなく字数に制約されず五行に書く詩歌と書かれていたのです。

勿論この地（舞鶴）で、五行歌について知る人も無く苦労して月刊誌『五行歌』を手にしたのが二〇〇〇年の十二月号でした。巻頭歌に、

右へ揺れ
左へ揺れ
秋桜の畑
空の鏡が
うれしいか

前田嘉代子

と記してありました。多くの作品を読み続ける内に、世の中は広いなあ…こんな文化が広まりつつある事を知った瞬間でもありました。余計な事かも知れないけど、最終頁に記してある投稿者数は二百三十九人でした。

還暦を節目に二十世紀から二十一世紀に移り月刊誌に投稿を始めてもう二十三年余り、内容は別として良く続いていると自分で自分を褒めているこの頃です。

さて、五行歌らしい五行歌とはどんな歌なのか！　自問自答しながら励んで来ましたが、何かが足りない！　五行歌五則を読み返し乍ら発行に踏み切った次第です。

誰に背中を押された訳でなく、昨今はＳＮＳの時代と言われながらも一人の五行歌を愛おしく思う者として、一首を詠む小さな城下町に生まれた歌会を珠玉のように大事に守って行こうと思っています。

今回は個人で発行する歌集だけに責任もついて回りますが、読んで頂く有り難さを胸に秘めて自分なりの限界を認めながら、私の足跡の一部にしたいと思う次第です。

小谷要岳

きずな　目次

父母のこと

母の乳房は
蚕の匂いと
稲穂の香り
十一番目の
末息子

母親ほど
父親の思い出は
ないが
日々の生活は
確実に父に似てきた

昔は恥しかった
十一人兄弟
今は自慢で言触らす
少子化時代に
親に感謝の日々

高齢出産も慣れた
母がした早業
早産で産婆さん
間に合わず俺は
母に取り上げられた

玉音放送は知らん
戦争が終わったと
近所のおっさんが
触れ回る声が
記憶に残る

父の薦めは
肉体労働
納得ずくの
鉄との知恵比べ
今は頭脳労働！

進学より就職を
安心して死ねない
父の口癖だった
三十歳の後半に
通信制の高校進学

十五歳で社会人
午前は勉学
午後は現場実習
七男四女の下男坊
父の路線に乗る

姿かたちは
違っていても
子供心に残る
母の面影は
常にモナリザ

養子を勧める
父に逆らった
お前に与える
財産は無い
納得の独立生活

あなた達が
居てくれたから
いま私達が
居られるのです
墓参に思う

三十分ほど
車で走るだけなのに
親の眠る故郷は
空気感が懐かしい
彼岸の中日

年老いて
野良着の似合う
親父を想う
作業着姿で
姿見の前に立つ

親にもらった
この身体
あなたの歳を
超えました
感謝です

生まれて初めて
抱かれたのは母
母の棺に手向けた
最後の花は
自分だった

読み書きは
苦手な母が
話す言葉は重かった
子沢山の末っ子にも
愛情一杯だった

お前はな
これ以上
大きくならんでよ
託児所がえりの
母のくちぐせ

昭和19年7月
1番上の兄が戦死
私は戦争大嫌い
5歳の自分を抱きしめ
母の怒りの頬ずり

私が唯一
呼び捨て出来るのは
末っ子のお前だけ
おふくろらしい
兄姉達はちゃんづけ

長男は家を継げ
次の二人は戦争
次の二人は養子
お前は好きに生きろ
親父の孫扱い

兄も姉も多いから
進学は無理だと
思い込んでいた
一言も触れずに
両親は逝った

自我のみち

何千回も
車で通る
見慣れた道も
歩いて見れば
新鮮な道

寒い日は
暖房に頼らず
自家発電に限る
心身の温もり求め
動き回る日々

結婚・出産・育児
自然の輪廻を
なぜ避ける
高齢独身の
幸福感は何？

産めよ増やせよから
結婚は面倒くさい
一人で生活出来る
時代の流れは
人口減少に加速

道を横切る
毛虫よ
道の向こうに
何があるのか
命がけの大横断

猛暑続きに
涼気を教えてくれる
赤トンボ
散歩道まで
案内してくれる

気がつくと
名月が後から
着いてくる
独り占めしたまま
家に着く

猛暑日三日
熱中症など
なんのその
ホオズキ・提灯草に
癒され散歩

兄ちゃん姉ちゃん

親兄姉に
感謝の末弟
戦後75年
未だ母性求める
甘えん坊の墓参

灸《ヤイト》もビンタも
躾と思え
鬼より強《こわ》い
父親代わりの
長兄逝く

彼岸の墓参
姉との出会いが
恒例となった
お前はまだ若い
口癖を聞きたくて

まんだ若いわいや
一回り上の姉
舞鶴弁の口癖
何回聞かされたか
96歳まだまだ元気

連れ合いを
亡くした兄は
気が抜けたのか
尊厳を失い
逝ってしまった

思い切って
姉に聞いた
戦時中常に寝ていた
二女の行方は
流行病だと聞く

兄貴にくっ付いて
一緒に歩いた
昭和な町並みは
映画館も飲み屋も無い
片田舎の更地

近所に嫁いだ
姉の生きざま
野良着姿が似合う
働き通した
米寿を祝う

一度も二度も
川の向こうから
おいでおいでをしよる
病室で冗談の兄
三度目に渡った

出不精の母親に代わり
参観日は
女学生の姉の役割り
恥ずかしそうに
ピアノの陰で

兄ちゃんと呼ぶ人は
6人居た
長男は戦火で
フィリピン沖に散った
少佐の墓石

5歳と3歳上の
甥と姪に
おじさんと呼ばれた
記憶がない
1回言われてみたい

開戦から八十年
兄貴二人の戦死
俺の生き方は
間違っていないか
教えてお兄ちゃん

昭和12年に始まった
支那事変の渦中
三番目の兄ちゃん
大陸で戦病死らしい
自分は生まれ変わり？

終戦の八月
戦死の兄貴の
石碑に刻まれた
二十一才の文字が
傷ついて悲しい

戦後七十五年の
節目を語るとき
兄貴二人の戦死を
抜きには出来ない
語る会の真夏日

世が世なら

燕尾服着た
訪問者
玄関先を占拠して
巣造り　子作り
黙って帰る

今年も迷わず
帰って来たか
周回しながら
電線に止まった
さあ来い燕夫婦

戦後75年の今年
引揚船で舞鶴港に
66万有余人が引揚
ユネスコ記憶遺産に
登録決定から数年

川沿い通る
京街道
四つ角曲がれば
北国街道
舞鶴に道標建つ

つぶらな瞳に
弱いんだ
隣人より
親しくなった
隣の子猫

いらいらしながら
踏み切り停車
ゴトリゴトリと
二、三人乗せた
ローカル列車が行く

笑っちゃった
怒っちゃった
舞鶴弁の
ちゃった祭りも
今年は止めちゃった

結論も結果も
責任も
求められない
井戸端会議
男の出番は無い

どこどこで
感染者が
出たらしい
噂の流れは
光より速い

霧に霞む
丹後富士
砲台跡や
弾薬庫
山頂に眠る

つれあい

いよいよ二人だけの
生活が始まった
食事も服装も年金も
小遣いまでもが
妻の管理下

テレビにビデオ
エアコン操作
いつの間にか自分まで
妻のリモコンに
操られ

今まで
懸命に
働いてきた
これからの人生は
妻に預けよう

気持ちの表現は
言葉・行動
思いやり
解っていても
妻にはムリ

なんだかんだ
言いながら
最終的には
妻の筋書きに
乗っかっている

五行歌との
出会いは還暦
飽きっぽい奴が
四半世紀も
妻が一番驚く

熱があるの
ドキッ・もしや
陰性でした！
口にはしないが
妻の存在再認識

思い掛けない
妻の入院
銀行の
入出金すら
戸惑う

何時かは
どちらかが
先に逝くんだよな
結婚という結晶が
家族という宝残して

これからが
夫婦の真髄
阿吽の呼吸
誰も近寄れない
空間がある

丈夫な妻が
ワクチン接種で
3日寝込んだ
料理だ掃除だ
ああ寝込みたい

四十代の高校生

働きながら
学校に通った
あの頃が
一番向学心に
燃えていた

妻は大先輩
息子と娘も
私の先輩
通信制高校を
やっと卒業

同一労働同一賃金
心が無性に騒ぐ
男女と学歴格差
労働運動の原点は
人生を変えるまでに

学歴に弱い
経歴にも弱い
実力にはもっと弱い
こんな人が
世にはいるものだ

解らないので
勉強したら
解った事より
解らない事が
増えた

学校出てないからと
反骨の人生
ただの僻みか
近寄る人と
遠のく人と

学はないが
底辺の矛盾は
見逃せない
日本人としての
プライド

今だから言える
四十代の
通信高校は
学び舎の
甲子園だった

教えるものは
何も無い
教わることは
貪欲に
これ極意なり

野球に明け
野球に暮れた十五歳
四十にして
勉学に目覚め
通信高校の門叩く

質の高みは
難しい語源の
言葉探しか
背伸びはしない
平均がいい

この道だ
これしかない
進路を確信した
人の背筋は
ハガネが通る

孫の机に
「頑張ったで賞」の額
息子も確かそうだった
自分も小五で「努力賞」
頑張るしかないＤＮＡ

小学校上級生を
教えて12年
「まちの先生」制度で
物づくりを担当
「先生！」の声に歓喜

家族のかたち

幸せになる
権利をもって
初孫誕生
大きな産声
大きなあくび

初孫よ
爺でござる
泣いた笑った
あくびした
参った　無条件降伏

初雪に
初孫つれて
初詣
年始にくれた
幸せの使者

パパ似だの
ママ似だの
勝手な事言って
額の生え際
爺似なのだ

三歳未満と
真剣に
喧嘩した
甘いばかりが
爺じゃない

バイ　バーイ
ヤレ　ヤレ
振り返ると
次来る日を待つ
勝っ手爺

ワタチ
大きくなっても
じいじと一緒に
お風呂に入るよ
思わず頬ずり

口先達者な二歳半
本気で腹立て
爺の意地
大人げないが
振り向かない

早朝の産声
孫の人生が始まった
豊作のあとに
台風が爪跡残す
10月の悲喜

盆暮れに
孫の顔みて
抱きしめる
子孫を残す
幸せを実感

最近孫が
我が家の
序列をつけた
なぜかバアバが
トップになっている

家族が集まると
一瞬にして
年寄り扱いをする
もっぱら聞き役
うん　これが一族だ

4人の孫たちよ
君達の人生は
答えのない
パズルだ
一枚一枚埋めていけ

孫の写真に
四方を囲まれ
座椅子の
座り心地が
眠気を誘う

正直すぎる
孫の言葉は
残酷
カナダから電話
楽しいから帰りたくない

爺を黙らすには
英語の一言
喋ればいい
誰に聞いたか
孫の智恵

息子曰く
親父の自慢は
何だと聞く
躊躇わず言う
お前達子孫だ

息子が
自分の歳の
半分になった時
何故か男として
ライバル視した

一度っきりの
人生だから
知力を世間に
ぶっつけろ
息子よ

息子よ
ワシも年じゃ
田舎に帰ってこんか
いやいやオヤジ
ワシも年じゃから

息子を褒めると
親父も歳のせいやと
照れ笑いされそうで
今年の誕生日も
小言を言っておいた

孫連れて
お盆に帰ろうかと
息子の気遣い
うれし涙で断る
妻の手の震え

半年ぶりに
帰省した娘
ほっぺをつねったら
もう　子供じゃないの
と　冷やかされた

親離れが早い娘
娘《こ》離れが遅い親
一度は反対したい
父親を煙に巻いて
嫁いで行った

親に守られ
旦那に守られ
今度は
守る者ができた
娘の覚悟

古稀過ぎて
バージンロードを踏む
複雑な心境
娘の笑顔が
涙でゆがむ

娘から彼氏を
紹介された
十年前なら
反対していた
少し複雑なんや

元気で
お母ちゃんに
なって来いよ
娘を産院に送り込む
おやじの願いよ届け

ポジティブにって
言うから
タシ算ばかりの
老後生活してたら
息子からクレームが

人はなんで
都会に集まる
他人事じゃない
息子も孫も
還って来ない

高校出てから
親離れの早い娘
伴侶を一人で決めた
バージンロードも
親が緊張

筆先が震う
孫娘の命名
ベビーベッドに
手形も足型も
全部貼り付け

軽トラものがたり

急ぎの用は
軽トラに限る
急坂泥道
知らん顔
寡黙に走る

ハッとすること
数回
ヒヤッとすること
1・2回
免許返上近づく

なんでこうなるの？
いやな事をいいよる！
落ち着け落ち着け
キー・急ブレーキ
ホー・事故回避

時間が出来ると
車を運転
孫めぐり
元気を貰って
帰途につく

安全と健康願い
初詣
これで安心と勘違い
運転免許の
更新のように

シンシンと
独特の冷え込み
いよいよ降るか
スノータイヤで
準備万端

軽トラ愛と
免許の更新
息子の忠告
遠距離と高速避けて
受け入れる

晩秋の浜辺は
1年間のゴミの山
自分にはところどころ
ゴロリと宝が
潜んでいる

つぶやき

一体
自分の宗教心は
何処にある
歳を重ねて
寺も墓地も無く

人間とは
勝手なものだ
人の知恵で
解決出来ない時
神や仏に頼る

文化の発展は
ゆとり生活から
生まれるが
究極の文化は
貧困から生まれる

文化という
広大な海原で
選び選ばれ
苦肉の一作に
集中のひととき

そもそも
文化という強者は
論者の
好き嫌いで
左右される

お坊さんの
法話には
その人の信念が
伝わってくる
宗派には関係ない

嗚呼
今年のお盆
誰も帰って来ない
安全を優先して
先祖の想い如何に

幾世代経ても
問われる
人権問題・靖国神社
過去に犯した
罪の大きさ

生きている事
働いている事
年に一度
先祖に感謝
石碑を磨く

物づくりのうた

破れた襖の
裏紙に
生まれた年の
古新聞
大事に取り出す

昭和の荘厳さ残し
平成の新装を吹き込む
幾多の葛藤の日々
引継ぐ責任を背負い
リフォーム完成

動いていないと
身体が固まる
マグロじゃないが
忙しそうに動く
小心者

満ち溢れる
朝の陽射しに
ものすごい
エネルギー貰って
仕事に就く

働き続けることは
出来るが
遊び続けることは
辛いだろう
もう少し働く

梯子を上ると
「気を付けてね！」
ああ嫌な言葉だ
傍から見ると
危なく見えるらしい

今日はまだ
やり残したことが
あるのか
寝つきが
悪い

名刺がきれた
仕事を辞めろの
切っ掛けか
時の流れに
身をまかせーだ

一仕事
一仕事
仕事の限界
感じながら
まだやれる

仕事・仕事と
働く事でより
自分の存在を
示す事が出来ない
不器用な男

程よい仕事に
趣味三昧
同志に恵まれ
危険・重労働は
ご法度という

よく働くね
趣味はなんなの
仕事だよ
不器用な
生き方

家を飾るか
切り捨てるか
分かれ道
大工の眼光
木片を射る

忘れ物して
倉庫に戻り
何を忘れたかも忘れて
現場に戻って
半日過ぎた

設計図のない
手作りの我が家
暮らしの設計は
預金も保険も
妻にお任せ

この世に何かを
遺すとしたら
自分の持ってる
技術と情熱で造った
素人大工の我が家

流石に
高所作業は
断ることにした
齢を認めて
素直に生きる

頼まれると
仕事か趣味か
断る事を知らない
悪い癖
笑顔が嬉しくて

梯子の上で仕事中
〝気をつけてネー〟
これって！　親切心？
逆に気が散って
一旦梯子を降りる

今日も
よく働いた
気持ちいい
空腹感
湯舟に体浮く

歳を重ねても
経験という
引き出しだけでは
取り残される
前向き前向き

職人根性は
負けてたまるか
経営者には
全く向かない
これでいいのだ

このリズムが
今の生活には
丁度いい
仕事ではなく
ボランティア半分

いつまで働くの
頼んでくれる人が
ある限り
辞める気はないと
爪を研ぐ

妻元気
息子頑張る
孫ヤンチャ
普通の家庭で
趣味三昧

幾つかの
趣味を楽しむが
なんか物足りない
秀でたものが
一つほしい

仕事して
スポーツして
よく食べる
停まると死にそう
マグロ人間

自分の人生の
ピークは何時
と聞かれたら
常に今だと
自信を持って応える

一日一字
清書しようと決める
何処まで続くか
自分との闘いだ
好きな字から

筆さばき
手の震えも
文字に織り込む
ひと味プラス
個性を綴る

お前は器用だ
言われ続けて七十数年
器用貧乏そのままに
家まで造ったが
土地だけは造れない

自分の人生に
旬があったとすれば
四十路のあの頃？
五十過ぎのあの頃？
今の気侭が旬なのだ！

詩人は
歌に化粧を
施すが
凡人の俺は
素の歌を読む

歌の為の
歌でなく
歌を作って
幸せ感じる
歌を詠みたい

たかが趣味
侮るなかれ
されど趣味
生きた証しが
趣味で結実

努力して
努力して
やっと現状維持
いいじゃないか
趣味の世界

令和2年（2020）
2月2日22時22分
ホームに用事は無いが
入場券の刻印を求める
勝手な自己満足

仕事一筋から
趣味一筋に
体力が落ちれば
頭脳が忙しい
楽しむ心は不変

俳句少々
短歌通信
川柳大好き
足して割ったら
五行歌に落ち着いた

学校でも
職場でも
点取り虫って
居たっけなぁ
一生縁が無い

民謡・カラオケ
詩吟と連チャン
趣味三昧で
自分の
声を忘れる

先輩　後輩
上司　部下
こんな世界を
乗り越えて
趣味の世界へ

努力する
能力がある限り
諦めない
自分流の
ノルマ

実家出てから
六十数年
自分の腕を信じ
独立の夢叶えた
末弟の意地

入選なし
佳作なし
素質なし
それでも五行歌
辞められない

また明日
またあした
明日という日が
あればこそ
失敗もまた良し

99%で
止めとこう
住むに困らず
食うに困らず
未完成の家

仕事も趣味も
遊びも手抜かず
もう一つの
自分がいれば
何が出来るか

15歳で就職
物づくりに徹して
手の指が湾曲
これも勲章
未だに造る

釘一本
ネジ一つ
精魂込めて
打ち込む手指が
悲鳴を上げる

終活は倉庫から
久しぶりに
何円・何銭の世界
スクラップの処理
思い出の山

まだここに
自分の
役割があった
幾つになっても
現役に拘る

友が友よぶ

友の文能に
嫉妬した昔
ファンとなり
誇りと思うた
三十年の歳月

あの頃はあの頃は
もう
いいじゃないか
過去に拘る
迷い子一人

大喧嘩から
口を利かずに
約半年
ハニカミ乍ら共にニッコリ
一瞬大親友に

幼少期の友が
数十年ぶりに
郷里に帰って来た
長期の空き家に
明かりが戻る

久しぶりに
目と目が合った
偏屈同士の出会い
切っ掛けは詰らない
意地から始まった

周りまわって
友の入院を知った
なぜ知らせん？
お前より長生きする？
憎まれ口を叩く

誤解されては
怒らせた
回り道する
悪い癖
濃い仲となる

心にうつる
鏡の顔は
正直者だと
言っている
友はどう観る

十五で父を慕い
林業に就いた君
重労働だけど
仕事は楽しいと
誇らしげに言った

上司と部下から
離れ
表情和らぐ
定年の友
やっと仲間入り

成人式から
数日後
物言わぬ
君がベッドに
居たのです

成人式に
交換した時計が
形見となって
五十年
もう動かない

怪我をした・・・と
連絡だったのに
君はすでに死んでいた
その後の行動が
思い出せない

故郷の
海鳴りが呼ぶ
弔い花火で
友の散骨に
立ち会う

見舞い帰りに
言ってやった
まだまだ
やり残した事が
あるんだろう

あらゆる病と
仲良く付き合う
と言った友
一瞬笑顔を見せて
逝ったという

自分の城を
築いた気になって
いたら
友が一人
遠ざかった

桜花を愛した
君は晩年
桜の下で
何度も遺影を
撮り続けたという

君の分も
楽しく生きると
誓って半世紀
約束は守ったと
墓前に報告

女性も
子供も
孫も知らない君
文字が消えかけ
墓は苔むす

死してなお
笑顔で話しかける
君の遺影が
悔いは無いよと
語っている

格好よく
生き抜いた友は
追悼の会でも
参加者を煙に巻いて
格好よく

握り返す力が
少し残っていた
喜んでいますよと
奥さんの翻訳には
敵わない

倒れる前日
応募した最後の歌が
入選してました
自分の事のように
奥さんが喜ぶ

お前の勧めてくれた
五行歌が
生き甲斐と
言ってくれた
君はもう居ない

同窓会で
酒酌み交わし
五行歌とは何ぞや
興味をもって
食いついてきた

今回で最後だね
と言いながら
始まる同窓会
別れる時には
次の幹事が決まる

老人会

老人会は
まだ若いからと断った
町内会の役員は
もう歳だからと断った
何故か空しい六十半ば

老人会の会長さん
自分の歩んだ道を
語っている
自信家集団
誰も聞いていない

個性と個性が
ぶつかり合って
火花を散らす
過去の栄光に
年寄りの誇り

生きてるだけ
じゃあなあ
生きてるだけ
で丸儲け？
粋がって生きる

子供会
青年団
壮年の会
とうとう来たか
老人会の役

お主は家康派
其方は信長派
わしは秀吉派
性格を3分割する
老人の会話

人は人の中
木は木の中
雪解けの老人会は
人恋うる人波
子供に還る

老人の遊びって
楽しい筈なのに
大声で喧嘩している
口達者な
集まりだ

何を言っても
許される
坊さんも教祖も
要らない
老人ふたり

町内会の役員は
人の上に立たずに
おもてなしに
徹する事だ
町内運営の秘訣

快く受けたはずの
役員は皆嫌っている
役立ってると思っているが
後継者が決まらない
誰かがやらなきゃ

町内の役員会も
老人会の役員会まで
最古参になって
下手な発言をすると
周りが気を遣う

団塊世代が
又一人帰ってきた
都会の疲れを
ブチ切るように
田舎に溶け込む

奈良大仏は
修学旅行も
老人会の旅行も
優しく見守ってくれる
元気をもらう

60代は青年団
70代は働き盛り
80代から楽しい人生
入って教わる
老人会の掟

七十年も八十年も
生きてきた人には
自信が満ちている
個性は今更直らない
気侭同士の老人会

元気装う人あれば
弱気ばかりの人も
気侭ばかりの人もいる
良くも悪くも生ききって
老人会は賑やか集団

喧嘩覚悟で
臨んだ会議
結局主張は
通らなかった
こんな事もあって良い

人間模様

塩の白
砂糖の白
色が同じで
味違い
人間模様だ

生まれた瞬間《とき》から
寿命という砂時計が
落ち始めた
途中で止まらず
最後まで落ちてくれ

出会いより
別れの方が
多くなった
年の暮れの
年賀状準備

都会に出ると
お前はすぐに帰れと
訴えてくる奴がいる
コンクリの割目から
瘦せ細った草花

一手
間違えると
凡てを
否定される
オセロのように

積んだり
崩したり
人間関係
死ぬまで
未完成

一瞬のためらいが
傷口を広げた
人心
鍵穴の向こうの
人を想う

最大公約数に
生きるのさ
良い事を残し
悪い事を省く
文化・文明

出会いは
人を
良くも悪くも
する
大切な一瞬

人間で良かったのか
鶏や豚なら
殺処分
新型コロナと
闘い続ける

何事も
比べる事を嫌う
自分自身
何処かで比べる
悪い癖

心の襞に
食らいつく
これでもか
これでもか
友を得るか失うか

ちょっと待て
酔ったからこそ
思い出した
あの先輩はあの時
本音を打ち明けていた

うん　うん
そうだねぇ
でも何かが違う
軽い同意は
後悔を生む

お前は
自分で自分を
追い込んでいる
歌の悩みは
歌で晴らす

砂時計の
穴の詰まりや
砂の湿りを
気遣う
小心者

ひとりたび

十度違いの
旅に出て
砂糖黍畑の
十字路に
ボーと立つ

列車を待つ
駅のホーム
ボーと立っていたら
二人も前に入られた
アー！　都会の駅なんだ

久しぶりの
新幹線
まだまだ大丈夫
日本の大動脈が
深呼吸している

眺めは以前と
変わらない東海道線
山陰線に乗り換え
故郷の山々に
落着きを覚える

礎の苔か
根っこの苔か
トロッコ道が
誘ってくれる
縄文の杉

地球に乗って
二十四節気をめぐる
乗り心地が良くて
太陽をひと回り
また旅にでる

思い出を
創る旅！
この時ばかりは
寝る時間が
もったいない

帰ったら
多忙を極める
列車の中は
貧乏ゆすりで
気を紛らす

ススキの穂先の
癒しの白綿
風に任せて
旅に出る
晩秋の川沿い

究極の
幸せ求め
なんて！
似合わない
一人旅

南から北へ
桜を追い
北から南へ
紅葉を追う
列島の旅

修学旅行
新婚旅行
金婚旅行
大仏様の語り口は
そのつど違う

時の流れに身をまかせ

春先の
そよ風に
煽られて
物干し竿に
掛かってみたい

山川の機嫌は
風雨の通り具合で
優しくも
厳しくもなる
気難しい人に似て

他人の不幸を
心底から
悲しめる
そんな人になりたい
心底思う

人一人が
一生かけて
何を目指すか
長くとも短くとも
穏やかでありたい

元気印の古老は
笑い声もでかい
引退後の背中に
自信も漲るが
トラブルも多い

いつの世にも
どこの町にも
いるんだなあ
地元の憎まれ親爺
常識が通じない

雑草に向かう夏
雑草の強さを知る
それでも負けられない
人間だもの
雑草に学ぶ事多い

一番・二番を
競うより
平穏無事を
願う昨今
このままで

遥か彼方に
浮雲一つ
見つめて
見つめて
余暇の形

こんな時期の
生きざまが
この人の本性か
なるほどーと
背筋が伸びる

生・老・病を
体験した者の
最後の演技
死に様魅せるに
言葉はいらぬ

今日一日の幕引きは
これで好いのか
寝床に入る前に
面倒くさい念押し
背伸びして納得

人が減り
空き家が増える
田舎町
子供の声無く
年寄りの笑い声

生きてる実感

年上が減り
年下が増える
経年の常識
八十路の話題は
過去より未来

時間はイタズラ
忘れさせたり
思い出させたり
取り戻せないから
好きなんだ

平和裏に
生きてきたのか？
どん底知らず
絶頂知らず
これからなのか？

おまえの表情は
誰にも真似が出来ない
宝物だ
混じりけの無いまま
そよ風に乗せたい

枯れかけた身体に
鞭打って油を注入
大丈夫まだ頑張れる
経験など無視して
未知の刺激を求める

松の持久力
竹の成長力
梅の生命力
全部欲しがる
我が人間力

1年の総括より
人生の総括時期
これで善しとするか
もう少し頑張るか
思案の為所

月影が照らす
灯りがあれば
充分なのです
私の気持ちは
伝わるのです

老人会や
サークル活動
お人好しなのか
半端ない忙しさ
頭の回路を増やしたい

行事があれば
積極参加
地方紙に投稿も
社会の何処かで
繋がりたくて

廃線の線路に
赤さびのレールが
お役御免と
居座る
この風景が好き

三叉路を越えて
太鼓の音が近づく
秋祭りが我が家に
幸せを運ぶ
一丁叩くか

角度を変えて
考えてみたら
案外それも有りか
非常識に思えた事が
今は常識

歳を重ねるって
微量の無駄もない
常に新しいものに
遭遇する
開拓者でありたい

うれしいのは
明日も
明後日も
予定がいっぱい
入っていること

田舎の政は
後継者不足
貴重な歴史と
資料を掻き集める
途絶えさせてたまるか

この村に住んで
早や半世紀
もう地元の人と
言われ続けて
敲く奉納太鼓

出来る事は
微々たる事
住み着いて
五十年の恩返しは
祭事の盛り上げ

確かこの街角
昔は賑やかな
繁華街
猫三匹が占拠
田舎町の日暮れ

青年団が消え
婦人会も激減
老人会も衰退
戦後復興の団結が
役割を終えた？

心

もし自分が
何らかの使命をもって
生まれたのなら
あれもこれもと言わず
是しかないと悟る

考え事をしながら
散歩をしてたら
空蝉を踏んづけた
交通事故のように
蝉ガラを拾う

崩れる様に
背に止まった
蟬は動かない
一週間の大往生に
苦しみなど無い

啓蟄を待つ
田園
虫の声
耕運機に
打ち消され

考えてみると
面白い人生
歩んでるみたい
だって　幸せ
なんだもん

五行歌は
一時の流行じゃない
未来永劫に
残さにゃならん
独り善がりの思い

生れたばかりの
五行歌たちよ
独り立ちして
人の心に入り込み
可愛がってもらえ

暇だからって
歌ができるほど
甘い世界じゃない
行動なしに
歌は生まれない

人が人をえらぶ

国民とは
庶民を意味するのか
政治家の言葉には
将来の日本の
生き様が見えない

無茶苦茶な
国会運営
こんな決め方で
自分の人生を
左右されてたまるか

人が
人を
選ぶ
政治の原点
揺らぐ

投票という
行為が
確実に世を変える
投票に立ち会って
さらに確信

都会の行政は
警告文も命令調
田舎町ではお願い節
税金の価値観
どちらに軍配？

有名な時は
話題にもならない
この本名
要一（都知事）が悪名になると
田舎で有名に

選挙応援する
お父さんにと
「必勝」の
版画をくれた
妻の隠れ愛

破れた襖から
古新聞が顔を出す
昭和47年・田中首相誕生
日中国交正常化
今の日中関係を憂う

審判は下った
選挙中の言動
何処まで守る
厳しく見守るのは
選挙人の責任

一票の尊さは
一瞬
だんだん
薄れていく
当選者の態度

無記名選挙には
不信感が残る
記名選挙には
禍根が残る
多数決の矛盾

四年に一度
選挙年
あれ！　今年は選挙
態度で解る
候補者の妻

多数決という大義
群集心理は
政治の世界で
絶対正義か
投票間近の迷い

日韓
日朝
日中
何一つ解決出来ない
戦後70年

税金という
化け物は
政治家の
正義感まで
狂わせてしまう

最も大切な事を
決める国会が
最も理不尽な
決め方をする
数の論理

団結力も
閉塞感もある
地域の選挙
人間関係には
喜びも悲しみも

私利私欲が
入り交じる
選挙事務所が
息苦しい
外に出て深呼吸

人間の素顔を
有権者に見せて
審判を待て
人の目は誤魔化せない
地方選挙の応援

親戚を頼り
知人を掘り起こし
友人にちかづき
愛想振りまく
田舎の選挙

地球の住み心地

地球の支配者は
人間だろうか？
大気だろうか？
それとも
マグマだろうか？

見上げる雲に
思わず聞いた
お前は何処へ行く
雲曰く
風に聞いてくれ

ひと夏を
青々と染めた
山谷に
絵筆紅挿す
木枯らし一号

宇宙から
地球を眺める時代
国境も人種差別も
取っ払ってしまえ
新時代・・よ

白星の数だけ
黒星がある
相撲道の常識
負けて生き抜く
美学を学ぶ

地球が
気まぐれなら
人間も
気まぐれ
天候と戦い続ける

物語はつづく
生きてる百限り
際限無く
台本の無い
物語

俺の一生！
総支出と
総収入は
プラスなのかなあ？
マイナスなのかなあ？

心地よい緊張
運か実力か
ひょっとしたら
この一発で勝てるかも
トロフィーを抱く

立派な言葉
並べても
その人の行動が
伴わない
この空気感

可もなく不可もなく
何をやっても
平均点では
面白くもない
刺激求めて舵を切る

ちょっと
顔出すだけで
周囲が暖かくなる
こんな人になりたい
なあ　太陽さんよ

整理整頓が
苦手
心の整理整頓が
先決だと
誰かが言う

夢は見るより
実現するもの
夢を一つ実現すると
また夢が膨らむ
おっかけっこ人生

白鳥も
ゴキブリも
同じ
地球の
構成員

人が人間として
地球に住み着いた
地球は喜んでるか
それとも迷惑してるの
地球に問いたい

頼まれた事を
断らずにやると
私生活が乱れた
これを人は
お人好しという

惜しまれて
早死にするか
憎まれながら
長生きするか
考えものだ

今日も
快便
小さな
幸せ探しの
第一歩

日々の予定は
付き合い良すぎて
ほぼ満杯
地位も名誉も不要
今が一番充実

個性

多分自分は
まだどん底も
絶頂も知らない
冒険知らず
無難に生きる

強い光は
濃い影を落とすなら
弱い光で
淡い陰に守られて
心地よく生きたい

無表情な
蟬の亡き骸
君は死ぬとき
苦しんだのか
学びたい潔さ

今になって
人の一生を
参考にする事は無い
我が道を
行くのみ

対等かどうか
当事者が決めるな
ほっといても
第三者が
勝手に決める

出世も
名誉も
関係無くなると
やっと気楽に
人生を生きる

時代の流れに
沿っていたら無難だが
何か面白くない
少し逆らって
生き延びる道を探る

何十年生きても
今日という日は
真新しい日だ
二度と来ないから
大事に生きよう

言葉の貯金箱は
自分の心にある
空になったら
貯金に励んで
自分のモノにする

元気な時は
百まで生きる
風邪をひいたら
あー、もうあかん
最近の単細胞生活

人生八十年は
長いような
人生二十五億秒は
短いような
錯覚の狭間に生きる

自分らしく

自己満足の
頑張り過ぎは
誰かの不幸に
繋がる事があると
誰かが言った

持ち味は
泥臭さ
良くも悪くも
好かれたり
嫌われたり

平々凡々と
暮らしていたら
進歩の無い
自分に
気がついた

八十の大台は
身体か心か
何かが違う
自分の歩幅で
歩くしかない

生きてる限り
私の物語は続く
地域や家族から
必要とされているか
自問自答する

忙しい時の
一日の濃度は
充実と満足感
明日の予定まで
良い知恵が出る

一度っきりの
人生だからって
力んでみても
所詮オレのこと
気負わず生きる

敢えて
一番苦手な事に
挑む
あとから自分を
責めない為に

現役はワープロ
定年頃にはパソコンが
独立してガラケーに
馴れた頃にスマホ
頭がてんやわんや

字数は自由に
魅せられて
五行歌を
その奥深さに
苦闘している

気がつけば
やっぱり
自分に都合の
よい発言を
していた

やがて来る
その時を
どう演出するか
死という
自分史

何か
事を
起こさなければ
何も
始まらない

日日新た
長い日
短い日
山川草木
みな新た

跋

草壁焰太

小谷さんは私と一歳違い、私は小豆島、彼は舞鶴、私の土地のほうが田舎、しかし、私の通るべきもう一つの人生のように、この五行歌集を読んで感じた。

私が中学に通った頃、中学の半分のクラスが就職クラスだった。

半分の生徒は中学を出て、すぐに勤め、一生を地元の企業で働く。

私は生徒会長として見回りで就職クラスへいくとき、どんなに悲しい、寂しい思いだろうと思った。目を合わせると彼らは、優しい顔で恥ずかしそうに笑った。

その顔が忘れられない。

小谷さんは、そこにいた人だと思いながら、一首残らず読んだ。私もそういう人生を送ってもおかしくなかった。もしそのとき、十一人兄弟の末っ子だったら、同じ運命を歩んだであろう。

自分の歌のように、全部を三度読んだ。

母の乳房は
蚕の匂いと
稲穂の香り

兄も姉も多いから
進学は無理だと
思い込んでいた

十一番目の
末息子

姿かたちは
違っていても
子供心に残る
母の面影は
常にモナリザ

一言も触れずに
両親は逝った

進学より就職を
安心して死ねない
父の口癖だった
三十歳の後半に
通信制の高校進学

彼は何年も懸けて、自分の力で通信制の高校を卒業する。

妻は大先輩
息子と娘も
私の先輩
通信制高校を
やっと卒業

誰にも勝る学歴であろう。なぜなら、自分の力で終えたからだ。彼の人生は、なんでも作る仕事だったらしい。自分の家は自分の手で建てた。なんでも作れる人になっていた。

自分の人生の
ピークは何時
と聞かれたら
常に今だと
自信を持って応える

歳を重ねるって
微量の無駄もない
常に新しいものに
遭遇する
開拓者でありたい

多くの仕事をし、自力の人生を作り、ついにこの境地に達した。私は「負けたな」と思った。すべてを自力で作ってきた人は、こういうふうに言えるのである。深い敬意を覚える。

あとがき

最後まで目を通して頂きありがとうございました。

一冊の本を自分の責任で出したのは初めての経験で、浅学非才な自分には勇気と決断に時間が必要でした。経験があるとしたら、団体役員をしていた頃の五十年史や高校生（通信制）時代の節目に取り組んだ三十年史、昨年発行した舞鶴五行歌会五周年記念誌などで個人出版とは大きな相違がありました。

過去の月刊誌に投稿した作品群は一千首を超える膨大なものですが、いざ編集するにあたり吟味すると、難儀な作業に遭遇する事が多くありました。

そんな時期、五行歌全国大会が東京で開催されたのを機に、打ち合わせを兼ねて明くる日に本部を訪れました。

本部には草壁主宰をはじめ、三好副主宰らスタッフの皆さ

五行歌の会本部にて
草壁主宰（前列中央）と著者（前列右）

んにお会いすることができました。皆さん前日の全国大会の疲れも見せず、ああ、この人達がと。五行歌全般の仕切り役として月刊誌をはじめ個人出版の歌集など、夫々の業務分担に適材適所に配置され、頑張っておられる姿を拝見し、心強く感じました。
五行歌という文芸に魅せられて久しい昨今、「五行歌とは？」を問い続けながら精進して参りたいと存じます。各部門でご協力頂いた皆さんに厚くお礼申し上げます。

小谷要岳

令和五年　十二月

小谷要岳（こたに　ようがく）
本名・小谷要一
1939 年　京都府舞鶴市生まれ
1954 年　企業の工員養成所入所
1978 年　西舞鶴高等学校通信制卒業
2001 年　五行歌の会入会
舞鶴五行歌の会代表

五行歌集　きずな

2023年12月31日　初版第1刷発行

著　者　　小谷　要岳
発行人　　三好　清明
発行所　　株式会社 市井社《しせいしゃ》

〒162-0843
東京都新宿区市谷田町 3-19 川辺ビル 1F
電話　03-3267-7601
https://5gyohka.com/shiseisha/

印刷所　　創栄図書印刷 株式会社
装　丁　　しづく
題字・挿絵　著者

ISBN978-4-88208-208-8

五行歌五則

一、五行歌は、和歌と古代歌謡に基いて新たに創られた新形式の短詩である。

一、作品は五行からなる。例外として、四行、六行のものも稀に認める。

一、一行は一句を意味する。改行は言葉の区切り、または息の区切りで行う。

一、字数に制約は設けないが、作品に詩歌らしい感じをもたせること。

一、内容などには制約をもうけない。

五行歌とは

五行歌とは、五行で書く歌のことです。万葉集以前の日本人は、自由に歌を書いていました。その古代歌謡にならって、現代の言葉で同じように自由に書いたのが、五行歌です。五行にする理由は、古代でも約半数が五句構成だったためです。

この新形式は、約六十年前に、五行歌の会の主宰、草壁焰太が発想したもので、一九九四年に約三十人で会はスタートしました。五行歌は現代人の各個人の独立した感性、思いを表すのにぴったりの形式であり、誰にも書け、誰にも独自の表現を完成できるものです。

このため、年々会員数は増え、全国に百数十の支部があり、愛好者は五十万人にのぼります。

五行歌の会　https://5gyohka.com/
〒162-0843 東京都新宿区市谷田町三―一九
川辺ビル一階
電話　〇三（三二六七）七六〇七
ファクス　〇三（三二六七）七六九七